When Amber shines in Neon Light

Ogeretsu Tanaka

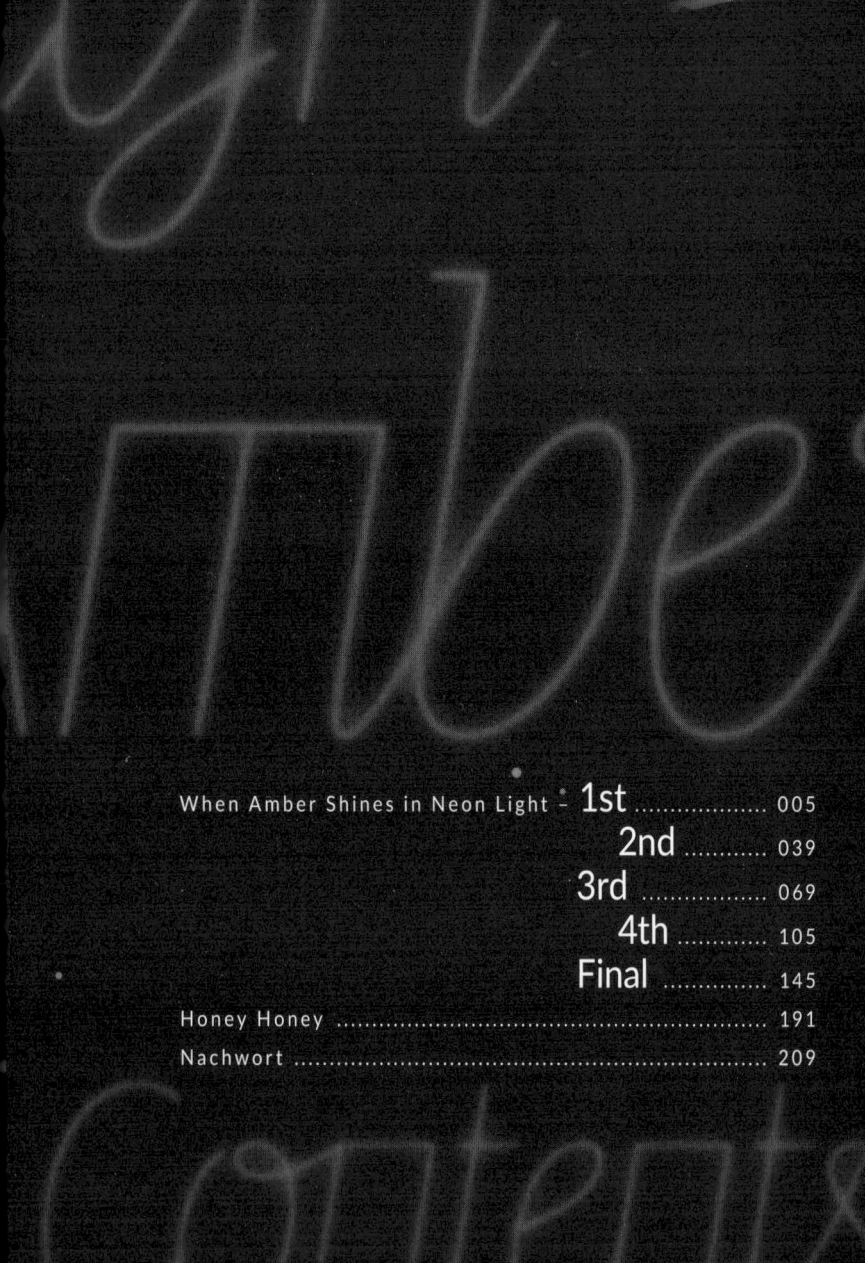

5

When Amber shines in Neon Light

1st.

SKYE

ICH SELBST FINDE, DASS ICH EIGENTLICH ZIEMLICH OFT LÄCHLE, ABER ICH BEKOMME ZU HÖREN: „DU SOLLTEST ÖFTER MAL LÄCHELN. DAS MACHT EINEN BESSEREN EINDRUCK!"... EBEN ALLES MÖGLICHE IN DER RICHTUNG...

UND AUCH WENN ES MIR GUT SCHMECKT, SAGT MAN: „DU ISST, ALS WÄRE ES UNGENIESSBAR!"

SELBST WENN ICH MICH AMÜSIERE, WERDE ICH GEFRAGT: „HAST DU KEINEN SPASS?"...

DAS HAST DU DIR DOCH AUSGEDACHT!

GAHAHA!

AHAHAHA-HAHAHA!

NICHT DEIN ERNST!

ICH WÜNSCHTE...

...MAN SÄHE MIR GENAUSO DEUTLICH AN, OB ICH SCHLECHT GELAUNT ODER FRÖHLICH BIN.

WOW! SAYA IST GANZ SCHÖN BETRUNKEN...

ICH GLAUBE, ICH MUSS ECHT KOTZEN!

HÖR MAL...

UH ...

HCH..

HCH..

HEY!

HM?

PLADDER

PLADDER

BÖÄÄÄRKS!

MO-MENT...! HALT! LASS MICH L...

ZIIIRP

ZIRP

BÖÄÄÄ... RKS...

WAS?!

ZIIIRP

SCHSCHSCH

AUSSERDEM BIST DU STAMMGAST BEI UNS... GEHT'S DIR ETWAS BESSER?

NIED-LICH ...!

ACH, SCHON GUT. ICH BIN DARAN GEWÖHNT, KOTZE UND ÄHNLICHES WEGZU-MACHEN.

TUT MIR LEID...

JA ...

KAUER

ZIIIIRP

BIS DANN...

ZIIIIRP

ZIIIRP

ZIIIRP

ZIIIIRP

ZIIIRP

FSCHSCH

SAYAS KOPF...

OH!

VERSCHWUNDEN

DIESER BLICK BRINGT MICH AUF DIE PALME!!

MIST!

FH...

VIP

EY, DU VER-DAMM-TER...!

HI, OGATA!

KLAR, ICH BIN DABEI!

KOMM, TRINK WAS IM VIP-BEREICH!

ST

22

ICH HAB MEINEN SCHLIESS-FACH-SCHLÜSSEL VERLOREN ...

BEUG

WAS IST LOS? WIR SCHLIESSEN JETZT...

...

OKAY. KOSTET 5000 YEN, ABER ICH KANN ES FÜR DICH ÖFFNEN.

WARTE KURZ.

GENAU WIE SASAMI!

MASA-KI... WIE BETONT MAN DAS?

SAYA IST SEIN NACH-NAME... MASAKI ALSO...

Masaki Saya

080-XXXX

ro

GEHT KLAR.

SCHREIB HIER DEINEN NAMEN UND DEINE TELEFONNUMMER AUF. WENN SICH DER SCHLÜSSEL FINDET, KRIEGST DU DAS GELD NÄMLICH ZURÜCK.

EINFACH SO.

WIESO DENN BITTE "CHAN"?

"CHAN" ...?!

HM, MASAKI-CHAN.

ÄH, JA?

WEGEN GESTERN UND DER RÜCKZAHLUNG...

SCHON WIEDER DIESES "CHAN"!

FLÜSTER

HI, SAYA-CHAN!

YUSUKE!

NÄCHSTEN MONAT HAB ICH AUCH KEIN GELD. ♡

... DU KOMMST DOCH IN DEN KLUB!?

ÄH, ABER...

MIST! REINGEFALLEN (UNGERÜHRT)

HM... EGAL, DU BRAUCHST MIR DIE KOHLE NICHT ZURÜCKZUGEBEN.

FEIERBIEST...

GOOOING

UND AUSSERDEM GIBT'S HIER NÄCHSTEN MONAT JEDE MENGE EVENTS! DA MUSS ICH EINFACH KOMMEN!

DESHALB HAB ICH JA KEINS!

HM, WAS?! ABER, HEY, 5000 YEN IST 'NE MENGE ASCHE, ODER?!

DU BIST DOCH ABGEBRANNT.

...

DANN MACHE ICH DIR JEDEN MORGEN WAS LECKERES ZU ESSEN... IM WERT VON 5000 YEN!

DAFÜR KOMMST DU IMMER HER. VERGISS ES EINFACH.

Ä-ÄHM, FRÜHMORGENS NACH DER ARBEIT HAST DU DOCH BESTIMMT HUNGER, ODER?

JA... ?

OKAY?!

FRÜHSTÜCK!! DU BIST DOCH HUNGRIG, ODER?

HM...?

DAS SCHON...

ES SCHMECKT GUT, ICH SCHWÖR'S!!

...

!

NICKER   NICKER

HIER!

DAS IST
THUNFISCH-
AVOCADO-
REIS! ♥

WOW...!
DAS SIEHT
SUPER
AUS...

FERTIG!

KAU

IST
DAS...
GUT!

DU
MAGST
ES...?

ES IST EBEN MEINE SPEZIALITÄT, IN ANDERER LEUTE GESICHT ZU LESEN.

ES WAR EIN GEFÜHL, DAS ICH LANGE NICHT MEHR GEHABT HATTE.

AHAHA!

WAS SOLL DAS DENN HEISSEN?

DIESER JUNGE BESCHÄFTIGT MICH.

ICH MÖCHTE IHN BESSER KENNENLERNEN.

Neon sigh Amber

OH...
TU...

TUT MIR
LEID...!

MACHT
DOCH
NICHTS.

WIE?!

WAS?
ICH DACHTE,
DAS TUE
ICH!

... WENN SIE
VIELLEICHT
EIN BISSCHEN
MEHR
LÄCHELTEN
...

ABER
SAYA...

... SIEHT
ES...

EIN YUKATA*-EVENT?

* Sommerkimono aus Baumwolle.

UND AM WOCHEN-ENDE IST HIER IN DER NACHBAR-SCHAFT EIN STRASSEN-FEST. DARUM IST BESTIMMT VIEL LOS.

JA...

ALSO SIND VIELE MÄDCHEN IM YUKATA DA?

WO MAN BEVORZUGT EINGELAS-SEN WIRD, WENN MAN EINEN YUKATA ANHAT, SO WAS?

UND MÄDCHEN KOMMEN UM-SONST REIN?

GENAU.

DIESES WOCHEN-ENDE.

WAS ...?

HAST DU EINEN YUKATA?

YAAAY! ICH KOMME AUF JEDEN FALL!

ICH MÖCHTE DAS GERN SEHEN.

ZIEH EINEN YUKATA AN...

WAS GRINST DU DENN SO?

JA, ABER JETZT IST DOCH NUN MAL DAS EVENT...

VIELLEICHT HAB ICH EINEN! SO, SO, DU WILLST MICH IM YUKATA SEHEN!? DAS GIBT'S ABER NICHT ALLE TAGE, KLAR?

FREU DICH DRAUF! ♥

NA GUT, DANN ZIEHE ICH EBEN FÜR DICH EINEN YUKATA AN!

SÜSS!

JA.

43

SCHRECK

RATTER

RATTER

"SÜSS"...?

KNARR

SCHON WIEDER? DU STEHST WOHL ECHT AUF FLEISCH-KARTOFFEL-EINTOPF!

DANKE FÜR DAS ESSEN ...

BEIM NÄCHSTEN MAL HÄTTE ICH GERN FLEISCH-KARTOFFEL-EINTOPF MIT AVOCADO.

DINGELING

...

AH...

ICH HAB NOCH NIE EINEN MANN „SÜSS" GEFUNDEN.

KLAR...! SAYA IST BESTIMMT JÜNGER ALS ICH UND IRGENDWIE... HAT ER WAS KINDLICHES...

Otani

...

Otani
Wie geht's dir?
Lange nichts mehr gehört!
Wegen der neuen Bar... Das
wird wohl noch eine Weile
dauern. Tut mir leid.

Aber ehrlich:
Bald ist es so weit!
Ich melde mich.

KLAR,
IN EINEM
JAHR IST
DAS WOHL
NICHT ZU
SCHAFFEN
...

VON
OTANI...?

MEIN
MOMENTA-
NER JOB
MACHT
MIR AUCH
ZIEMLICH
VIEL
SPASS
UND...

NA,
WAS
SOLL'S
...?!

HA
...

... AUSSER-
DEM
TREFFE
ICH DA
SAYA...

KRAM

45

YUSUKE!

WIE SIEHT'S AUS AUF DER TANZFLÄCHE?

···NEI-DISCH AUF MICH.*

DIE ÄRA IST···

IST WAS LOS?

* Werbespruch eines Yukata-Herstellers.

WARUM ZIEHST DU IHN VORN ZUSAMMEN?!

...

ZUPF

AH!

ODER?! RICHTIG GEFÄHRLICH! ABER GUT! ECHT MEGA!

KÖNNTE SEIN, DASS GÄA GLEICH KOMMT UND DIR WAS INS OHR FLÜSTERT, SO WIE DU IM YUKATA AUSSIEHST!*

*Slogan aus dem Magazin „Men's Knuckle".

ES IST VOLL!

YEAH!

MANN...! DANN BIS SPÄTER!

ER IST ECHT SÜSS!

...

DŪZZ

UZZ

DŪZZ

UZZ

DŌZZ

UZZ

ALLE MÄD-CHEN AUF-STE-HEN!

TE-QUI-LA-TIME!

OH!

ALLES IN ORD-NUNG?

JA, DANKE...

IST TOTAL VOLL HEUTE!

...

ABER DAS MÄDCHEN IST WEG. SO EIN MIST!

UMSO SCHWIE-RIGER, EINE ABZU-SCHLEP-PEN.

AUUU!

DABEI WAR SIE ECHT SÜSS... SO 'N PECH!

UZZ

DD

ZERR

AH...
BIN ICH
FERTIG...!

TAST

UH...

NEE,
ODER...?

TONK

TONK

TONK

... AUF
SAYA
EINEN
RUNTER-
GEHOLT.

JETZT
HAB ICH
MIR...

ICH KANN ALSO AUCH MIT MÄNNERN...

YU-SUKE...

RATTER

VERGISS ES!

DU KANNST WAS MIT MÄ...

NICHTS.

WAS...?

RATTER

ACH, MASAKI!

RATTER

ACH SO...

DA FÄLLT MIR EIN, MASAKI...

ICH HAB MEIN HANDY IM RESTAURANT VERGESSEN... AH, DA IST ES!

WAS MACHST DU DENN SO FRÜH AM MORGEN HIER?

MAMA ....!

UHMM ...

DIESER JUNGE AUS DER MITTELSCHULE... NISHIYAMA? ER WAR EINEN JAHRGANG ÜBER DIR, ODER? DER JUNGE, DER BOXER GEWORDEN IST...

TSCHUPP

WAS ?!

ER HAT WOHL NUR GETRUNKEN UND SICH GEPRÜGELT UND SCHLIESSLICH AUFGEHÖRT.

SCHLIMM, ODER?

ER IST ANSCHEINEND HIERHER ZURÜCKGE-KEHRT.

SCHRRR

RATTER

OH...

ICH HAB KEINE AVOCADOS DA. ICH MUSS EINKAUFEN...

Neon sign Amber

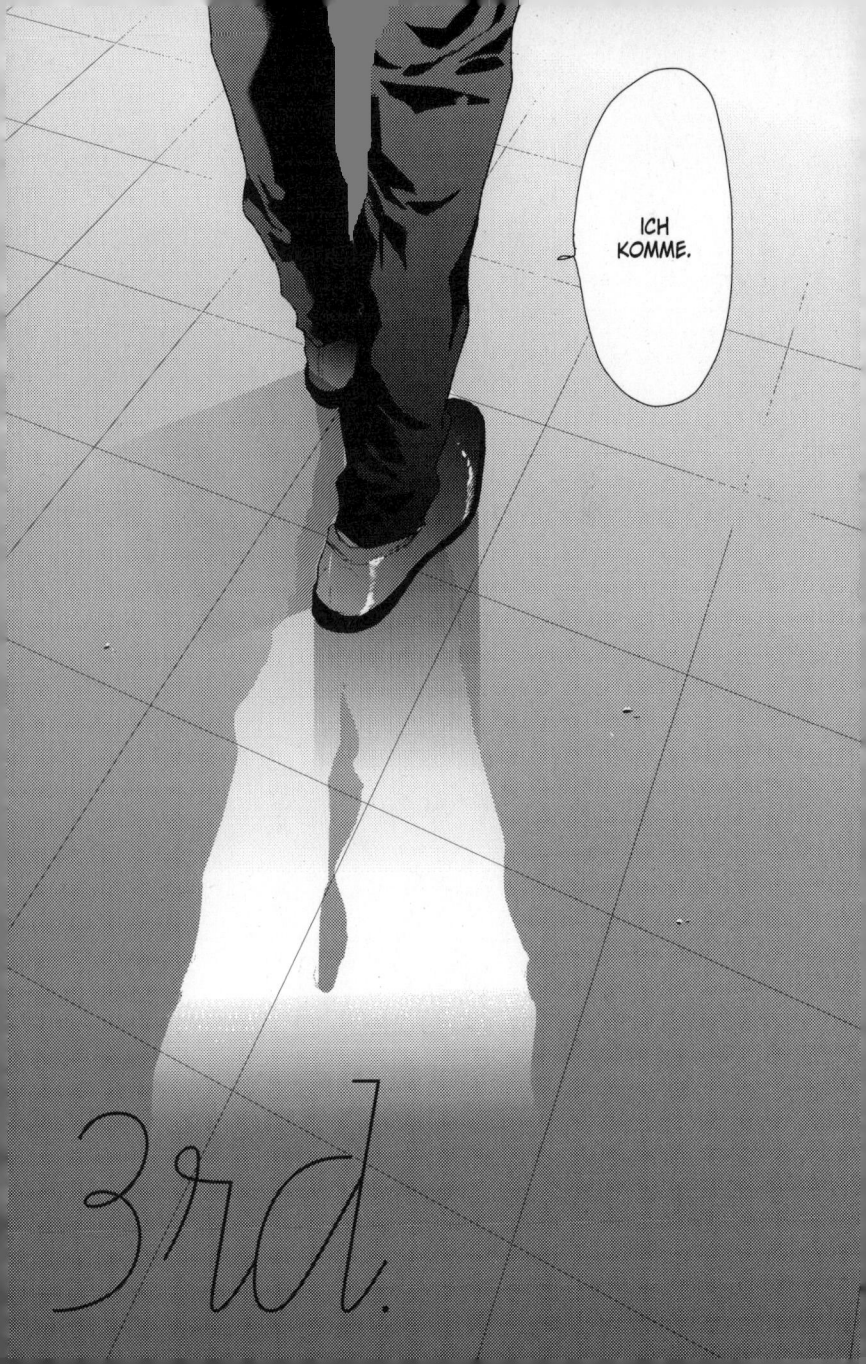

UZZ

TRAUM

AH...

SCHLEICH

WAAAH!

ÄCHZ

SAYA...

ACH
SO...

WESHALB
ERSCHRECKST
DU DICH DENN
SO? WIR
HABEN UNS
HEUTE NOCH
GAR NICHT
GESEHEN!

IST ES
VIELLEICHT
WEGEN
DER SACHE
GESTERN?

I-I-I-ICH
HAB MICH
GAR NICHT
ERSCHRECKT!

DU, SAYA...

WAS?

ICH KOMME ZU DIR RÜBER, JA?

HÄ?! WARUM? ABER WENN DU WILLST...

KANN ICH AUCH BEIM KOCHEN HELFEN?

MACHE ICH!

GUT. DANN... SCHÄL DIE BITTE.

IST IRGENDWIE ANDERS ALS SONST...

... WENN WIR SO NEBENEINANDERSTEHEN...

JA...

KRCK

KÖST...
LICH...!

...♥

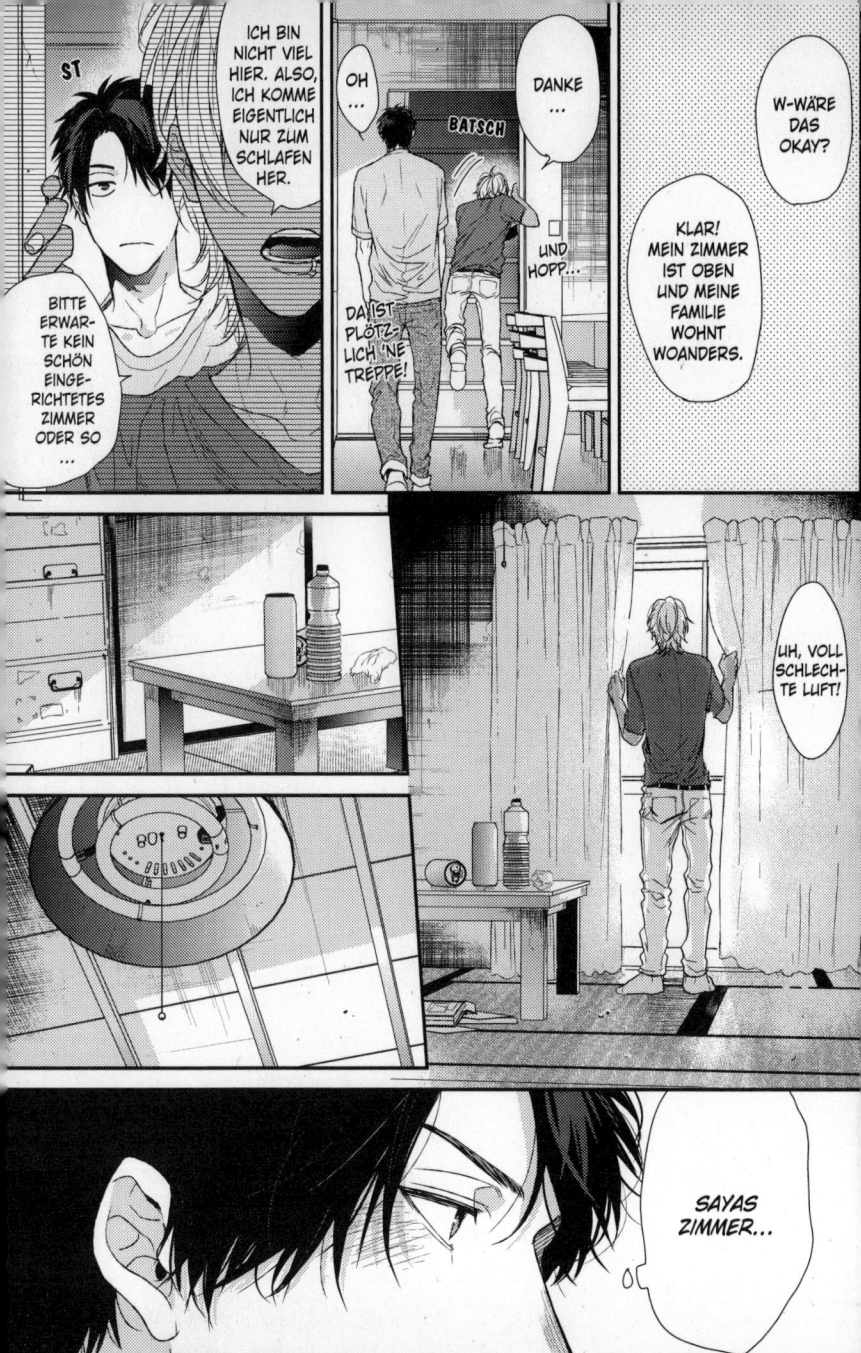

ST

ICH BIN NICHT VIEL HIER. ALSO, ICH KOMME EIGENTLICH NUR ZUM SCHLAFEN HER.

OH ...

BATSCH

DANKE ...

W-WÄRE DAS OKAY?

KLAR! MEIN ZIMMER IST OBEN UND MEINE FAMILIE WOHNT WOANDERS.

BITTE ERWARTE KEIN SCHÖN EINGERICHTETES ZIMMER ODER SO ...

DA IST PLÖTZLICH 'NE TREPPE!

UND HOPP...

UH, VOLL SCHLECHTE LUFT!

SAYAS ZIMMER...

AH...

WAS ...?

ES IST DIR WOHL DOCH UNAN-GENEHM...

ALSO, BIS DANN...

ST

DAS GEHT SO MIT DER HOSE. DRAUSSEN TROCKNET SIE SOFORT...

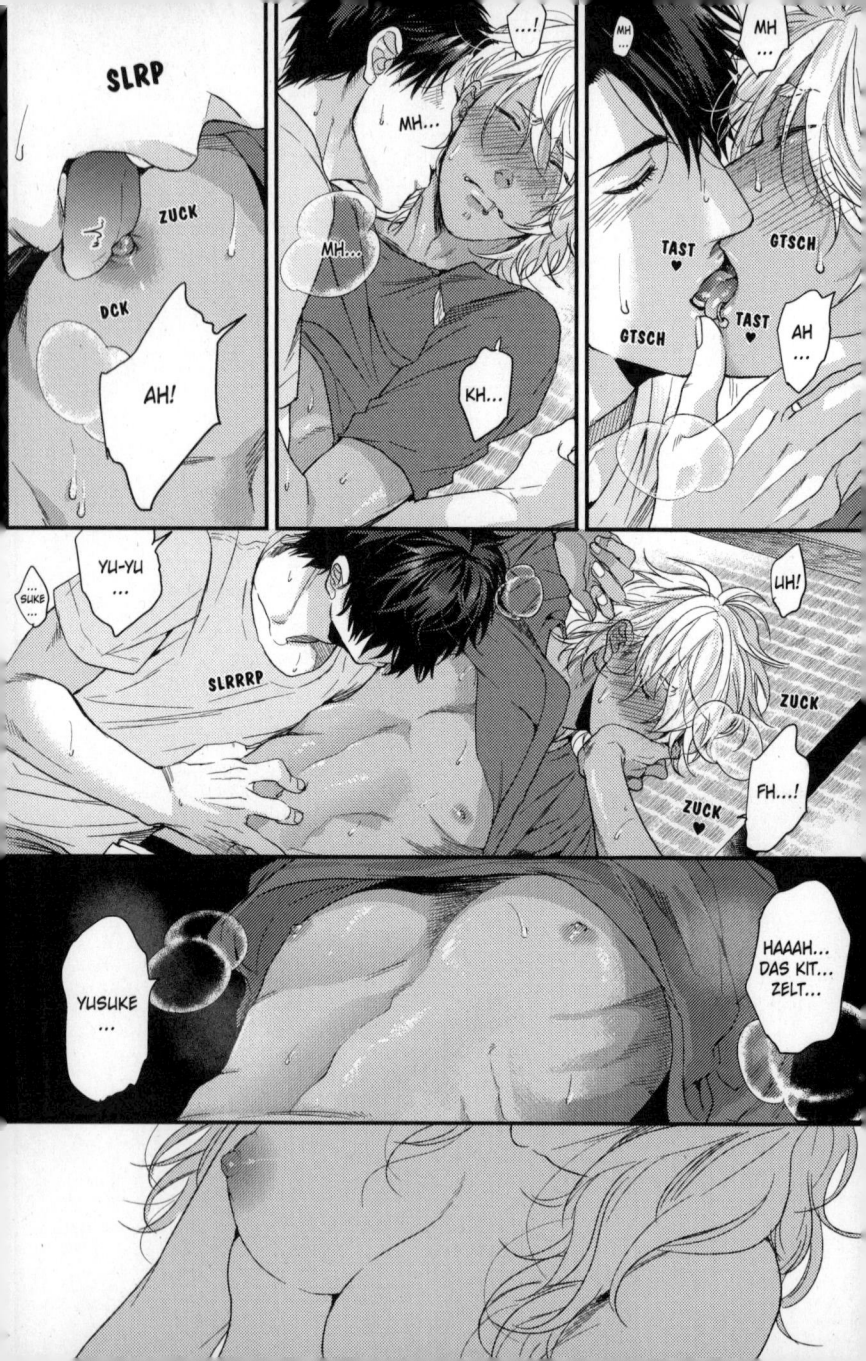

ICH KANN
ES NICHT.

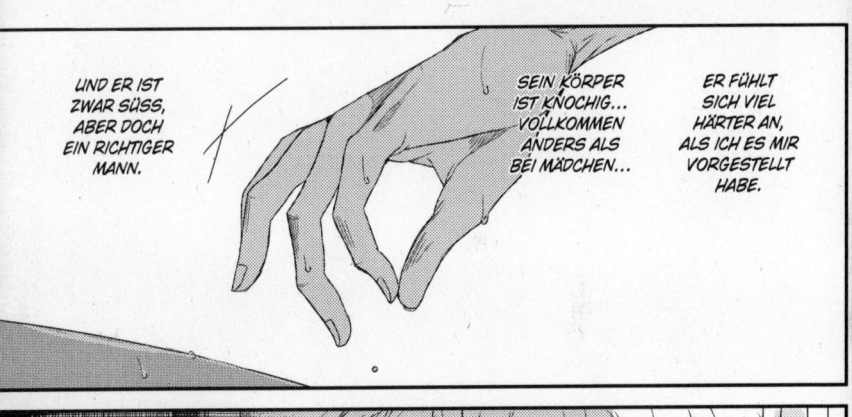

UND ER IST
ZWAR SÜSS,
ABER DOCH
EIN RICHTIGER
MANN.

SEIN KÖRPER
IST KNOCHIG...
VOLLKOMMEN
ANDERS ALS
BEI MÄDCHEN...

ER FÜHLT
SICH VIEL
HÄRTER AN,
ALS ICH ES MIR
VORGESTELLT
HABE.

...?

YUSUKE
...?

HA...

WARUM ENTSCHULDIGST DU DICH?

ICH BIN DOCH DERJENIGE, DER ABARTIG IST.

ICH DACHTE, MIT SAYA WÜRDE ES GEHEN.

DAS IST GRAUENHAFT.

SCHLIESSLICH HABE ICH MIR SOGAR SCHON EINEN AUF IHN RUNTERGEHOLT.

SAYA WUSSTE ES.

UND EIGENTLICH HATTE ICH DOCH AUCH VERSTANDEN, DASS ER EIN MANN IST!

DROP

ICH
HABE
SAYA...

ER HAT
IN MEINEM
GESICHT
GESEHEN,
WAS ICH
DACHTE, ALS
ICH SEINEN
KÖRPER
SAH.

„DU
GUCKST
KOMISCH!"

... VERLETZT.

PLING

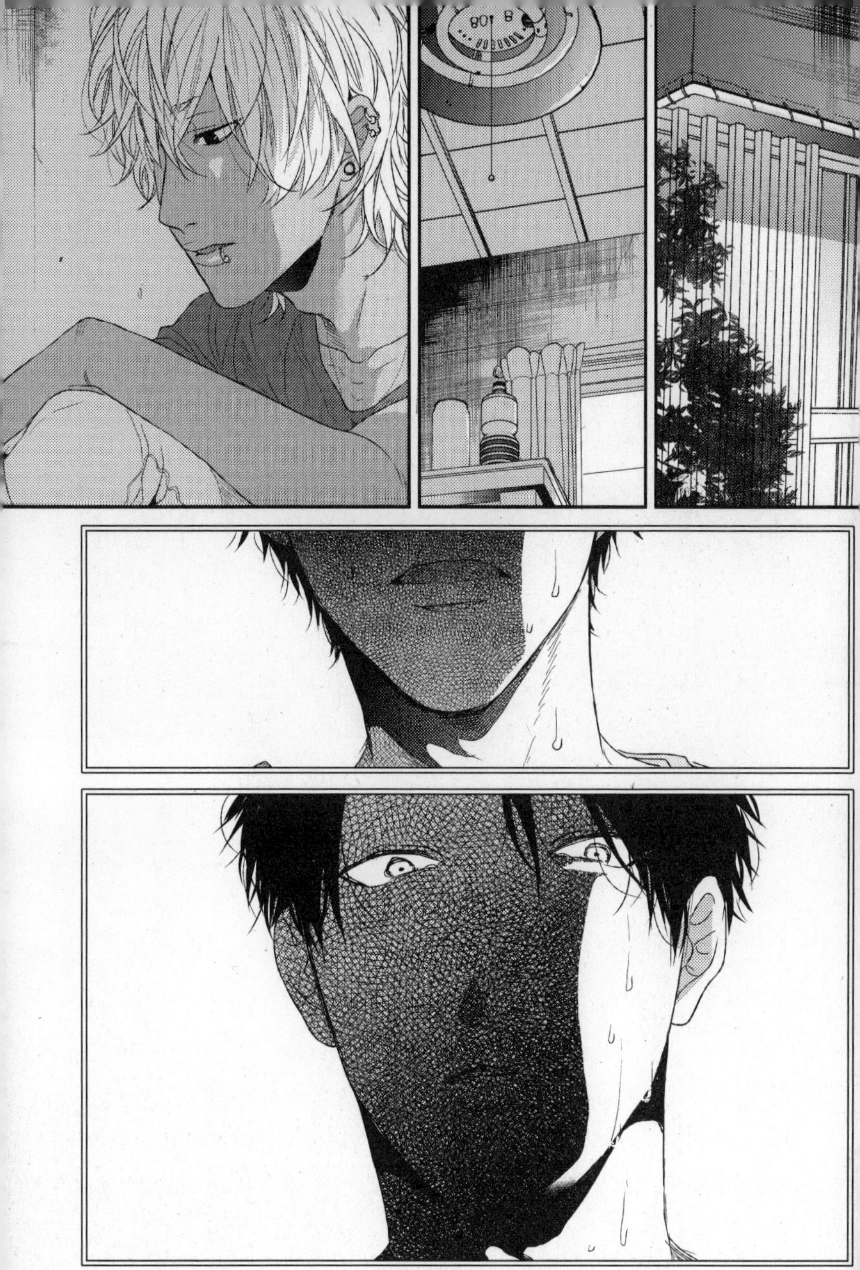

UH...

„ICH MAG DICH. ICH MÖCHTE MIT DIR ZUSAMMEN SEIN."

HÄ...?

ABARTIG.

Schwule

Uh, abartig!

Neon sign Amber

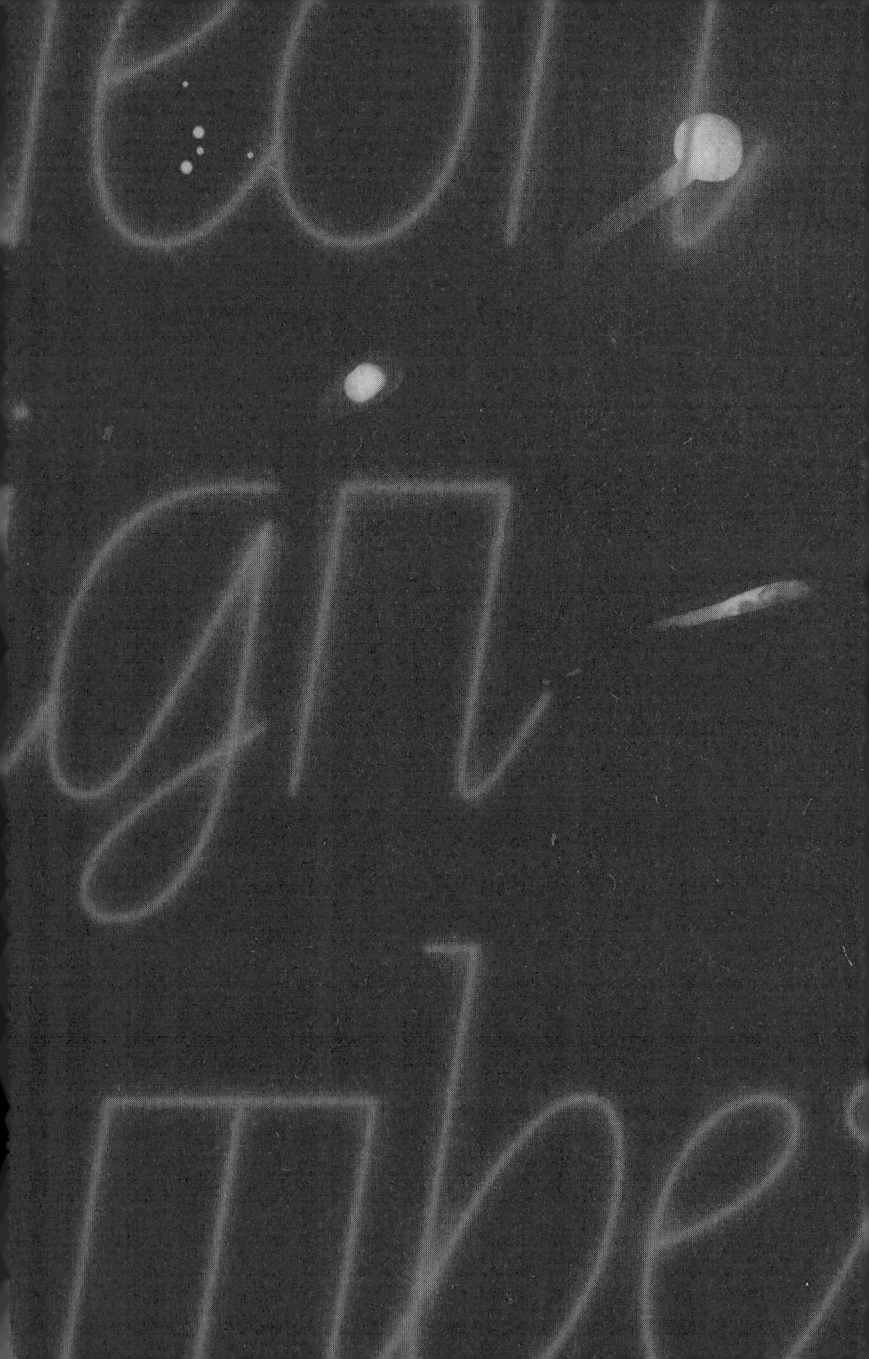

When Amber shines in Neon Light 4th.

SAYA...

NACH JENEM TAG...

... BEKAM
ICH SAYA ZWEI
WOCHEN LANG
NICHT ZU GESICHT.

4th.

DESHALB HABE ICH IHN LIEB GEWONNEN.

WEIL ER DER EINZIGE WAR, DER MICH VERSTAND.

DANN...

WENN ICH IHN...

ABER JETZT...

... SO SEHR VERLETZE...

OGATA!
UZZ
LANGE NICHT GESEHEN.
UZZ
HEY!
HEUTE SIND GAR KEINE LEUTE DA! LANGWEILST DU DICH NICHT?
GEHT SO...
UZZ
UZZ
APROPOS... OGATA, DU HAST DOCH DIE GANZE ZEIT...
UZZ
... NACH SAYA GESUCHT...
UZZ
WAS?
IST ER DA?
JA, ER IST HIER!
ER HAT MICH EBEN AN DER BAR IM ERDGESCHOSS EIN BISSCHEN ANGEBAG-GERT...
MILTON-BUFF
UZZ
UZZ
DANKE!
HÄ?
AH, GUT! BIS DANN!
UZZ

...
...
SAG MAL...
HAT ER...
... DICH NACH DEINEN KONTAKTDATEN GEFRAGT?
ÄH...
JA, HAT ER...
ER HAT MICH GEFRAGT, OB WIR BEFREUNDET SIND...
... UND ALS ICH IHM ERZÄHLT HABE, DASS ICH FÜR DICH FRÜHSTÜCK GEMACHT HABE...
... SAGTE ER, ER MÖCHTE AUCH MAL MEIN FRÜHSTÜCK PROBIEREN.
ER WILL...

MACHST DU IHM EINS?

JA

NEIN.

PUH!

ICH BIN HIER, UM ES DIR ZURÜCKZU-GEBEN.

DAS NEULICH...

SAYA...

DAS, WAS NOCH FEHLT.

WAS?

ICH BIN HEUTE...

... NUR GEKOMMEN, UM ES DIR ZURÜCKZU-GEBEN.

GELD...?

HIER...

... ES SIND 1500 YEN.

KNISTER

WEIL...

ÄH...

HÄ?

... ES NICHT MEHR VORKOMMEN WIRD.

SAYA!

DAS WAR ALLES.

MACH'S GUT.

KRANG

KRANG

GENAU DAS, WAS ICH GESAGT HABE.

WARTE...! WAS MEINST DU MIT »ES WIRD NICHT MEHR VOR- KOMMEN«?

HÄ? SAYA...

...

VERSTEHE ...

DA STEHE ICH NUN...

... ABER...

SCH...

...

LOS, LOS, RÜCKT MAL ZUSAMMEN!

RATTER

Ä-ÄHM...

RATTER

SIND SIE ALLEIN? ES IST LEIDER NUR NOCH PLATZ AM TRESEN...

ENTSCH

WILLKOM-MEN!!

RATTER

NEIN, EIGENTLICH... WOLLTE ICH... SAYA...

... MASAKI BESUCHEN.

ÄH...

JA...

ENTSCHULDIGUNG. DAS IST GELOGEN...

MASAKI...?

SIND SIE EIN FREUND VON MEINEM SOHN...?

POLTER

HÄ? WER?

ÄH, MOMENT...!

POLTER

DU HAST BESUCH VON EINEM FREUND!!

TUT MIR LEID! ER KOMMT SICHER SOFORT RUNTER!

MASAKIIIIII!! EIN FREUND!!

ばっ!! ZACK

... WEGEN DER SACHE NEULICH...

ICH WOLLTE DIR UNBEDINGT WAS SAGEN...

ICH WOLLTE DAS NICHT...

ES TUT MIR WIRKLICH LEID.

DER BARMANN HAT GESAGT, DASS ER NIE WEISS, WAS DU DENKST, WEIL DEIN GESICHT SO AUSDRUCKSLOS IST.

... DASS ICH IN DEINEM GESICHT LESEN KANN?

ABER ICH WEISS ES.

AUCH DAS, WAS ICH NICHT WISSEN WILL.

DESHALB...

... LASS UNS FREUNDE BLEIBEN.

ICH GEHE DIR AUCH NICHT MEHR AUS DEM WEG.

GUT!

DANKE, DASS DU EXTRA HERGEKOMMEN BIST. ICH SCHAUE MAL WIEDER IM KLUB VORBEI.

BIS DANN...

...

FLACKER

FLACKER

NEIN, ICH...

ICH GLAUBE ECHT, ES HACKT...!

?... GNH

DAS IST JA WOHL EIN SCHERZ...! DU FRAGST MICH, OB ICH...

HAST DU ETWA TATSÄCHLICH GEGLAUBT, DA KÖNNTE WAS GEHEN?

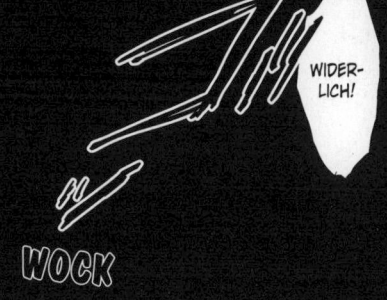

WIDER-LICH!

WOCK

Schwule

Uh, abartig!

DAS LIEBEN SIE!

DER
TYP IST
SCHWUL!

ABARTIG!

»ZIEH EINEN YUKATA AN.«

GNH

Neon sign Amber

SAYA?
SCHLÄFST
DU?

NICHT
SCHLIMM.
DU MUSST
ES NICHT
WISSEN.

WAS
DENKST
DU?

FH...
BIST DU
MÜDE?

UH-UH
...

BEI DIR
IST MIR DAS
EGAL.

ICH WEISS
NICHT...

EIGENTLICH
NICHT... DU
MACHST
SO EIN
KOMISCHES
GESICHT,
YUSUKE!

Final.

ES IST BESSER, WENN WIR GAST UND ANGESTELLTER IM KLUB BLEIBEN. DANN WIRD ER NICHT MEHR VERLETZT.

SAYA IST EBEN EIN LIEBER MENSCH. DARUM GEHT ER GANZ NORMAL MIT MIR UM, OBWOHL ICH SO WIDERWÄRTIG ZU IHM WAR.

SO IST ES GUT.

ᴰᵁUZZ

ᴳUZZ

DRÄNGEL

UWAH!

UWAH!

WAH!

ᵁUZZ

ICH WILL GAR KEINEN TEQUILA!

DRÄNGEL

So, es ist so weit, Leute! Tequila-Time!!

ᵁUZZ

DESHALB BELASSEN WIR ES DABEI...

Wer will? Kommt nach vorn, Jungs und Mädels! Hoch aufs Podest!

ᵁUZZ

GÄHN

DRRRRRR

DRRR

DRRR

Was machst du im Moment noch mal?

Hi, Ogata! Hab mich lange nicht gemeldet! Geht's dir gut?

HALLO, HIER IST OGATA.

ICH ARBEITE IN DEM KLUB, DEN DU MIR VORGESCHLAGEN HATTEST. IM INNENRAUM.

📞 Eingehender Anruf

Otani
Eingehender Anruf...

💬 Ablehnen und Mail senden

Ablehnen

Annehmen

WENN ICH MEINEN JOB AUFGEBE, WERDE ICH IHN NICHT MEHR...

SAYA...

Ogata? Ich möchte dich nächsten Monat hier haben...

Du bist kein großer Plauderer, aber...

... sehr fähig. Deshalb...! Und dann dein Aussehen!

Tut mir echt leid...

Ich kann auch mit deinem Klub reden...

NÄCHSTEN MONAT? DAS IST ETWAS PLÖTZLICH...

NEIN, IST IN ORDNUNG.

ACH, SCHON GUT...!

Sicher?

HALLO, YUSUKE! HEUTE BIST DU WIRKLICH FRÜH ZU HAUSE!
HM...
ICH ZIEHE NÄCHSTEN MONAT WIEDER AUS.
HÄ?! NÄCHSTEN MONAT?!
WESHALB DENN SO PLÖTZLICH? WO DU LETZTES JAHR GERADE ERST ZURÜCKGEKOMMEN BIST!
ICH WECHSLE DIE ARBEITSSTELLE. DARUM ...!
DIE NEUE IST WEITER WEG VON ZU HAUSE ALS DIE JETZIGE.
WEISS MAMA BESCHEID?!
NOCH NICHT. ICH SAG'S IHR.
HÄÄÄ? MAAAANN...!
STIMMT. DEN MUSS ICH AUCH...

SAYA!
HI!
UZZ
BIST DU BIS MORGEN FRÜH HIER?
JA... DENKE SCHON. WARUM?
UZZ
...
UZZ
ICH...
... HÖRE ENDE DES MONATS HIER AUF.
UZZ
UZZ
UZZ
UZZ
ICH MÖCHTE DIR ETWAS GEBEN... UND...

RATTER

SCHEPPER

KLIRR

ABER
...

... DAS
IST JETZT
DAS
LETZTE
MAL...!?

ES IST
GENIAL!

SCHMECKT'S
GUT?

HA
HA!

SO
LECKER...

RATTER

AHA,
HIERSSS
JA DOCH
AUF!

DA
SIEHT MAN
BEREITS
FRÜH-
MORGENS
TOTAL BE-
TRUNKENE
KERLE AUF
DER...

BESTIMMT
EIN BESOF-
FENER.
NEUERDINGS
KANN MAN
SICH AN-
SCHEINEND
ÖFTER MAL
MEHRERE
TAGE
FREINEH-
MEN.

WAS
IST
DENN
DAS
...?

RATTER

ENT-SCHUL-DIGE DICH BEI SAYA!
HÄ...?
WER BIST DU DENN? SEIN SCHWULER FREUND?
KRANG
WASSS SOLLN DAS, EY?!
KREISCH ...
SCHLUSS JETZT!
RAUS HIER!
LASS UNS RAUSGEHEN.
HEY...!
BERUHIGT EUCH...

HÄ?

PRESS

ICH HAB ANGST! WAS SOLL DAS HIER?!

WEISS ICH DOCH NICHT! GEH MIR BITTE AUS DEM WEG... AH! HEY...!

ICH HAB ANGST!

TRAPPEL

YU... YUSUKE...

HEY! HÖRT AUF!

KÖNNEN WIR GERN MACHEN!

WAS BILDEST DU DIR EIN?!

YUSUKE!!

HH!

HH!

HH!

HH!

HH!

HH!
HH!
HH!
TU-TUT M... TUT MIR LEID...
B-BITTE HÖR JETZT AUF...
DU REDEST MIT DEM FAL-SCHEN!
DICH BEI MIR ZU ENTSCHUL-DIGEN BRINGT GAR NICHTS!
STOPP, YUSUKE!
AAAAH!!
TAKKI!!
EY...
IM ERNST! KANNST DU MICH MAL LOSLASSEN?
...
SAYA ...

ICH BIN DOCH GENAU WIE ER.
DARUM...
... IST ES WAHR-SCHEINLICH NICHT SEHR ÜBERZEUGEND, WENN ICH SO WAS SAGE...
... ABER LASS ES MICH TROTZDEM SAGEN.
DARAN, DASS DU DICH IN JEMANDEN VERLIEBST...
... IST ÜBERHAUPT NICHTS ABARTIGES!

SAYA, ICH LIEBE DICH…
I-ICH DICH AUCH …
UND DESHALB …
RIESEL
… WILL ICH ALLES SEHEN.
… MH…
UH…
GNH
ZAPP
ZITTER

BUBUMM
VER-
DAMMT
...!
DAS
MACHT
MICH
HEISS!
ZUPP
IM
ERNST?!
YAY...
SÜSS
...
AH...
ST
AH!
HAPP
UWAAAAH!
N-NICHT!
DAS IST
DOCH
SCHMUT-
ZIG!
IST ES
NICHT!
AH
...!
ZUCK
MH...
SLLRRR
UH...
KH...
AH...
♡
PTSCH
ZUCK

ES WAR TOTAL OKAY... VIELMEHR...

...

... HAB ICH MICH GEFREUT, DASS ES SCHÖN FÜR DICH WAR.

ICH MÖCHTE AUCH GERN WEITERMACHEN. DEMNÄCHST UND IN RUHE...

AH... GENAU...

J-JA...

DEMNÄCHST...

VOM SCHLIESSFACH.

EIN SCHLÜSSEL?

DEN HIER...

ICH HÄTTE IHN DIR EIGENTLICH SOFORT ZURÜCKGEBEN MÜSSEN, ALS ICH IHN GEFUNDEN HABE, UND DIR DAS GELD ZURÜCKERSTATTEN, ABER...

KLIMPER

... WOLLTE ICH DIR SCHON IMMER GEBEN.

DESHALB HABE ICH ES VERSCHWIEGEN.

... ICH WOLLTE NOCH MEHR ZEIT MIT DIR VERBRINGEN.

AUSSERDEM WECHSLE ICH DIE ARBEITS- STELLE...

KLIMPER

DESHALB WERDE ICH AUCH WIEDER ALLEIN LEBEN...

UND ICH WÜRDE MICH FREUEN, WENN DU BEI DER GELEGENHEIT AUCH EINEN SCHLÜSSEL ZU MEINER WOHNUNG ANNIMMST...

...

KLAR, MANN! ABER HALLO NEHME ICH DEN! ICH WILL KRASS GERN DEINEN SCHLÜSSEL!

DANN NIMM IHN!

NIMM IHN, ABER HALLO...

JA, ODER?

JA, UNGEFÄHR JEDEN TAG.

WEIL... ICH BIN ZIEMLICH OFT HIER, DOCH ICH HAB BEI DIR NOCH KEINEN ANDEREN GE- SICHTSAUSDRUCK GESEHEN!

HEY...

TUT MIR LEID.

HICK

HAT DIR MAL JEMAND GESAGT, DASS DEINE GESICHTS- MUSKELN TOT SIND?

HUPS

WARUM, WARUM? VERRAT'S MIR!

WAS IST LOS?

MERKT MAN MIR DAS AN?

ABER IRGENDWIE SCHEINST DU...

... JETZT GERADE VOLL NERVÖS ZU SEIN!!

WEIL JEMAND HEUTE IN DIE BAR KOMMT...

...

RATTANG

WAAAAS?! NEE, ODER?! WIE IST SIE SO?!

RATTANG

DIE PERSON, DIE ICH LIEBE.

SAYA!

OH, HUCH ...!

HÄ?

AH!

End

か
あっ
ERRÖT

!

ICH...

ICH MÖCHTE ES AUCH TUN.

ICH...

ICH MÖCHTE, DASS DU IN MIR KOMMST.

D-DAS GEHT NICHT! DU HAST GESAGT, AM FREIEN TAG!

AUWEIA...

JETZT HAB ICH DAS GEFÜHL, ICH HALT'S BIS DAHIN NICHT MEHR AUS...

JA, STIMMT...

UHUMM...

BIST DU OKAY?

SAYA...

HÄ?

WENN, DANN MÖCHTE ICH...

... DASS DU JEDEN TAG HIERHER NACH HAUSE KOMMST.

...

...

＃!! QUIETSCH

DAS HEISST, DASS ICH HIER MIT DIR ZUSAMMEN-WOHNEN WILL...

HEISST DAS...

DANN ZIEH EIN, ABER HALLO!

ABER HALLO WILL ICH!

KLAR WILL ICH MIT DIR ZUSAMMEN-WOHNEN!

End

NACHWORT ✦

VIELEN DANK, DASS DU „WHEN AMBER SHINES IN NEON LIGHT" IN DIE HAND GENOMMEN HAST! ES IST EINE GROSSE EHRE FÜR MICH UND ICH WÜRDE MICH GLÜCKLICH SCHÄTZEN, WENN ES DIR GEFALLEN HAT.

DIESES MAL HANDELTE DIE GESCHICHTE VON EINEM KLUBANGESTELLTEN MIT UNBEWEGLICHER MIMIK UND EINEM LOCKEREN SÜSSEN TYPEN. ICH WOLLTE SCHON IMMER MAL EINEN BOTTOM* MIT DUNKLER HAUT ZEICHNEN. DESHALB HABE ICH MICH SEHR GEFREUT, DASS ICH ES HIER TUN KONNTE, UND ES HAT MIR SEHR VIEL SPASS GEMACHT. OGATA BEKOMMT GEGEN ENDE EINE AUSDRUCKSVOLLERE MIMIK UND LÄCHELT, DOCH NORMALERWEISE HAT ER EIN POKERFACE...!

ICH BIN ALLEN, DIE MIT DEM MANGA ZU TUN HATTEN, UNHEIMLICH DANKBAR. MEINEM REDAKTEUR, DER MIR IMMER MIT RAT UND TAT ZUR SEITE GESTANDEN HAT, DEM GRAFIKDESIGNER, DER EIN SO COOLES DESIGN ENTWORFEN HAT, OUKA YOKEN, FUJIKO UND ALLEN, DIE DIESES BUCH IN DIE HAND GENOMMEN UND BIS HIERHIN GELESEN HABEN: VIELEN, VIELEN DANK! ICH WERDE MICH AUCH WEITERHIN FLEISSIG BEMÜHEN UND WÜRDE MICH FREUEN, WENN WIR UNS IN EINEM ANDEREN MANGABAND WIEDERSEHEN.

OGERETSU TANAKA

* „Bottom" bezeichnet den passiven Part in einer Beziehung.

EGMONT

www.egmont-manga.de
facebook.com/EgmontManga
instagram.com/EgmontManga
twitter.com/EgmontManga

BOYS LOVE ♂♂

Natsuki Kizu

Given

Vier Jungs gründen eine Band…

Uenoyama ist hundemüde. Doch als er seinen Lieblings-schlafplatz in der Schule ansteuert, ist der schon besetzt: vom traurigen Mafuyu und seiner Gitarre mit gerissenen Saiten. Statt zu schlafen, repariert Uenoyama die Gitarre und bevor er sich versieht, hat er sich in den traurigen Jungen verguckt…

Given
Band 1 ISBN 978-3-7704-9857-4
€ 7,50 [D]

MANGA
漫画

EGMONT

EGMONT

www.egmont-manga.de
facebook.com/EgmontManga
instagram.com/EgmontManga
twitter.com/EgmontManga

Ogeretsu Tanaka

Love Whispers
in the Rusted Night

Liebe erträgt alles …
oder?

Yumi geht es locker an: Während sich seine ehemaligen Kommilitonen um einen gut bezahlten Job bemühen oder an ihrer Masterthesis sitzen, jobbt er in einer Bar. Ständig gerät er in heftige Auseinandersetzungen und trägt zum Teil starke Blessuren davon. Als er eines Abends auf seinen Highschoolfreund Mayama trifft, kommen sie sich wieder näher. Obwohl Yumi in einer festen Beziehung steckt, treffen sich die beiden immer häufiger. Mayama bemerkt Yumis Verletzungen und durchschaut sofort, woher sie wirklich stammen…

Love Whispers in the Rusted Night
Band 1 ISBN 978-3-7704-9344-9
€ 7,50 [D] € 7,80 [A]

www.egmont-manga.de

EGMONT

EGMONT

www.egmont-manga.de
facebook.com/EgmontManga
instagram.com/EgmontManga
twitter.com/EgmontManga

Waku Okuda
NO COLOR BABY

Auf der Suche nach Liebe

Mashiro ist hübsch, vorlaut und stürzt sich von einer Affäre in die nächste. Als er auf einen jungen Mann trifft, der so gar nicht in sein Beuteschema passt – seriös, zugeknöpft und mit seltsam traurigen Augen – lässt er sich auf ihn ein ... und lernt eine völlig neue Welt kennen.

No Color Baby
Einzelband ISBN 978-3-7704-5827-1
€ 7,50 [D]

www.egmont-manga.de

EGMONT

EGMONT

www.egmont-manga.de

facebook.com/EgmontManga

instagram.com/EgmontManga

twitter.com/EgmontManga

Boys Love

Meguru Hinohara
THERAPY GAME

Minato und Shizuma haben eine atemberaubende Nacht hinter sich. Nur blöd für Minato, dass Shizuma jegliche Erinnerung daran leugnet – schließlich stehe er ja ohnehin nicht auf Männer. Minato beschließt, es dem Lügner heimzuzahlen!

Von der Zeichnerin von Secret XXX!

Therapy Game
Band 1 ISBN 978-3-7704-5912-4
€ 7,50 [D], € 7,80 [A]

MANGA
漫画

www.egmont-manga.de

EGMONT

EGMONT

www.egmont-manga.de

facebook.com/EgmontManga

instagram.com/EgmontManga

twitter.com/EgmontManga

Ogeretsu Tanaka

The right way to write Love

Lass mich dein Herz brechen!

Während seiner Schulzeit war Hiro nie sonderlich beliebt und Freunde hatte er kaum. Als ihm obendrein ein Junge namens Natsuo, den er gemeinhin als „absoluten Idioten" bezeichnen würde, seine Liebe gesteht, beschließt er, dass sich etwas ändern muss. Mit neuem Styling und einem Abschluss der Make-up-Artist-Schule in der Tasche, wird er zum Top-Stylisten der Stadt und schafft tatsächlich einen Neuanfang. Als sich Natsuo jedoch in seinen Friseursalon verirrt, kommt Hiros Vergangenheit wieder hoch. Ob Natsuo ihn erkennt und noch die gleichen Gefühle hegt wie damals?

The right way to write Love
Band 1 ISBN 978-3-7704-9345-6
€ 7,50 [D] € 7,80 [A]

EGMONT

www.egmont-manga.de
facebook.com/EgmontManga
instagram.com/EgmontManga
twitter.com/EgmontManga

Scarlet Beriko
JEALOUSY

Liebe unter Yakuza

Rogi ist seit drei Jahren bei den Yakuza und kommt ganz gut über die Runden. Eines Tages wirft sich ein junger Mann vor seinen Wagen, um Schmerzensgeld zu kassieren. Als Yakuza kennt Rogi natürlich keine Gnade und schleppt den Betrüger mit nach Hause, um ihn dort angemessen zu bestrafen. Doch als seine Tochter Gefallen an dem Jungen findet, lässt Rogi ihn bei sich wohnen ...

Die neue Hitserie von BL-Meisterin Scarlet Beriko!

Jealousy
Band 1 ISBN 978-3-7704-5818-9
€ 8,00 [D]

EGMONT

EGMONT

www.egmont-manga.de

 facebook.com/EgmontManga

 instagram.com/EgmontManga

 twitter.com/EgmontManga

Boys Love

Yuu Minaduki
LOVE NEST

Masato ist auf der Suche nach einer neuen Wohnung und landet in der Eigentumswohnung des Besitzers seiner Stammkneipe. Allerdings wohnt dort bereits jemand: Asahi. Dieser ist mit seiner schluderigen und schroffen Art das genaue Gegenteil von Masato und bringt ihn damit sofort auf die Palme. Doch was noch viel schlimmer ist: In Asahis Gegenwart kommen bei Masato unerwartet Erinnerungen an seinen Ex-Freund hoch.

Empfohlen ab 18!

Love Nest
Band 1 ISBN 978-3-7704-2694-2
€ 8,00 [D], € 8,30 [A]

MANGA

EGMONT

SUTOPPU!

Koko wa kono manga no owari dayo.
Hantaigawa kara yomihajimete ne!
Dewa omatase shimashita!
Tanoshii hitotoki wo dozo!

Egmont-Manga-Chiimu

STOPP!

Das ist der Schluss des Mangas.
Fangt bitte am anderen Ende an!
Und nun genug der Vorrede,
viel Spaß beim Lesen!

Euer Egmont-Manga-Team

„When Amber Shines in Neon Light" von Ogeretsu Tanaka
Aus dem Japanischen von Antje Bockel
Originaltitel: „Neon Sign Amber"

Originalausgabe:
© 2017 OGERETSU TANAKA. All rights reserved
First published in Japan in 2017 by SHINSHOKAN CO., Ltd. Tokyo
German version published by EGMONT Verlagsgesellschaften mbH
under license from SHINSHOKAN CO., Ltd.

Deutschsprachige Ausgabe erschienen bei
© Egmont Manga verlegt durch Egmont Verlagsgesellschaften mbH,
Ritterstraße 26, 10969 Berlin

10. Auflage 2024

Verantwortliche Redakteurin: Katharina Altreuther
Textbearbeitung: Etsche Hoffmann-Mahler & Ulrike Marotz
Koordination: Manuela Rudolph   Printed in the EU

Gestaltung: Esther Strunck
ISBN 978-3-7704-9777-5

www.egmont-manga.de

EGMONT
Shop
www.egmont-shop.de